BilderMaus

Werner Färber

Geschichten vom kleinen Drachen

Illustriert von Martina Theisen

LESELÖWEN
Das Original

www.leseloewen.de

Für Davin
von M.T.

FSC
www.fsc.org
MIX
Papier aus verantwortungsvollen Quellen
FSC® C023419

ISBN 978-3-7855-7820-9
Veränderte Neuausgabe 2014
1. Auflage 2014

In anderer Ausstattung bereits 1997 beim Verlag erschienen.
Umschlagillustration: Martina Theisen
Reihenlogo: nach einem Entwurf
von Angelika Stubner
Printed in Italy

www.loewe-verlag.de

Inhalt

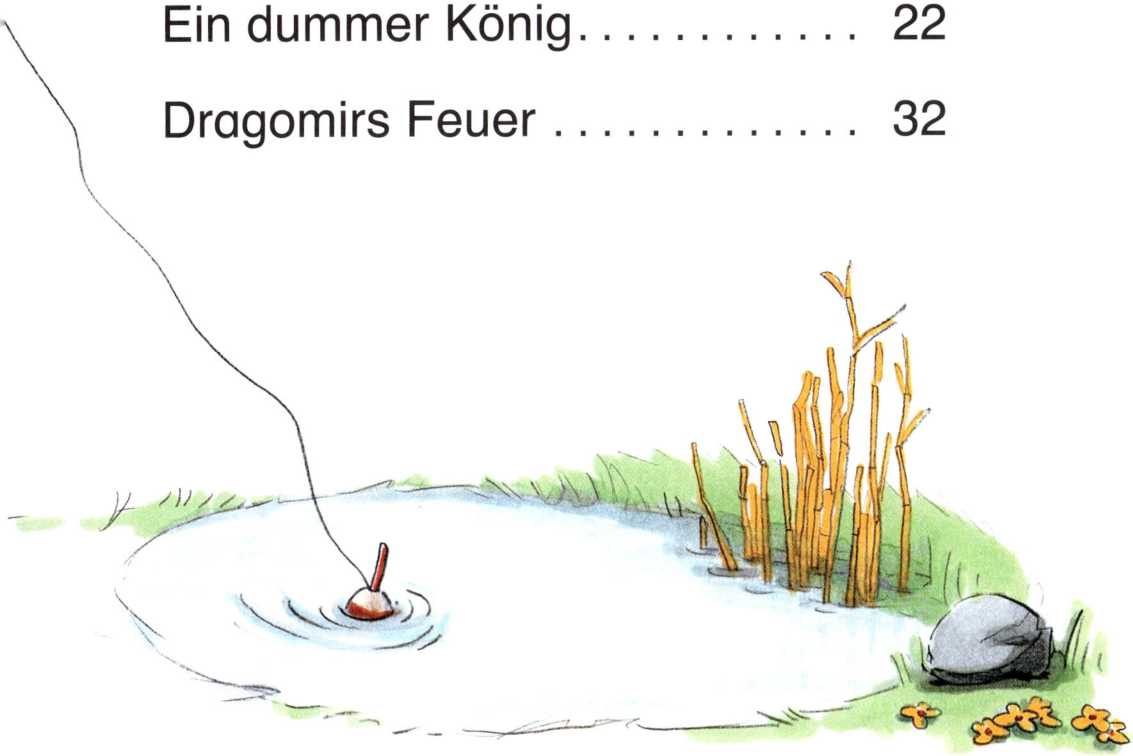

Die Höhle des kleinen Drachen

Dragomir, der kleine  ,

wohnt weit entfernt vom letzten

aller  . Wer Dragomir

besuchen möchte, muss über

sieben  wandern. Dahinter

trifft man auf einen  . Leider

gibt es weit und breit kein  .

Man muss entweder um den 

herumlaufen oder schwimmen. Hinter

dem 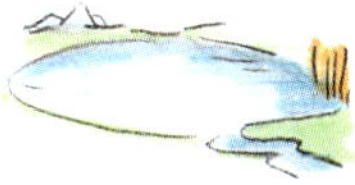 gelangt man auf einem

steinigen 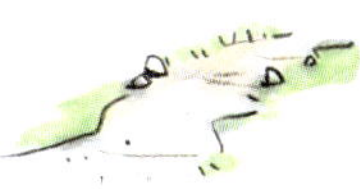 zu einer 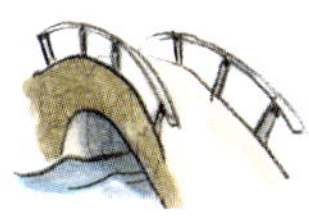 . Sie

führt über einen reißenden 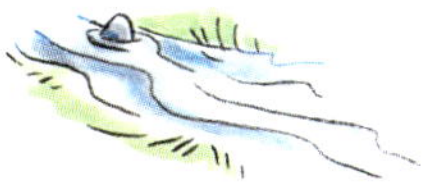 .

Gleich hinter der  beginnt Dragomirs . Die  zu seiner  ist in einem hohlen  versteckt. Der kleine  macht es einem ganz schön schwer.

Er selbst erreicht seine  aber spielend leicht. Er breitet seine  aus, fliegt über die sieben  , den  und den reißenden  und landet direkt vor seiner  .

Bevor er die  aufmacht,

sieht sich der kleine  noch

einmal vorsichtig um. Er will

nämlich nicht, dass jeder weiß, wo

er wohnt. Jemand zu sehen? Nein!

Schon ist Dragomir in seiner 

verschwunden. Verflixt, welcher

ist denn nun der , in dem

die 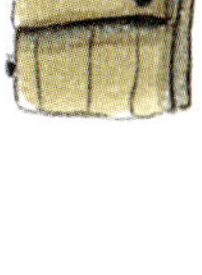 verborgen ist?

Viel zu viel Trubel

Dragomir liegt auf einer 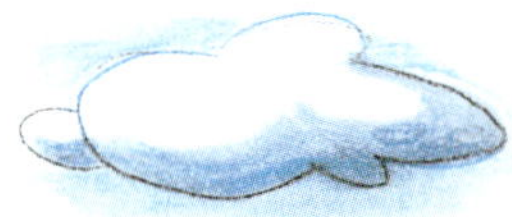

und lässt sich treiben. Heute ist

es hier oben aber ziemlich

ungemütlich. Kreischende 

fliegen um den kleinen 

herum. Ein 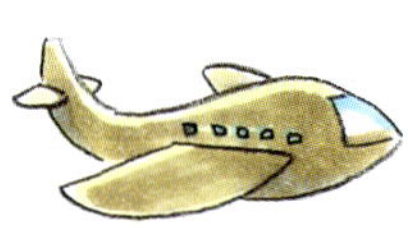 düst knapp

über Dragomirs  hinweg.

Und ein ratternder 

lässt sie zittern und beben.

Schließlich saust auch noch

ein fliegender  vorbei.

Verärgert breitet der kleine 

die  aus, um zu seiner 

zu fliegen. Doch was ist das?

Vor ihm schwebt ein großer .

Den muss sich Dragomir unbedingt näher ansehen. Im  stehen ein  und eine . „Unser  ist aus! Wir müssen landen“, sagt die . „Ja, nur wo?“, fragt der .

Unter ihnen liegt dichter  .

Vor dem großen  erhebt

sich ein hoher  . Ohne 

kommen sie nicht über den  .

„Kann ich helfen?“, fragt Dragomir.

Die zwei sehen ihn erschrocken an.

Wer glaubt schon heutzutage noch

an  ? Bevor die beiden

antworten können, steigt der

kleine  in den  .

Fauchend spuckt er  in den . Gerade noch rechtzeitig steigt der  wieder auf und schwebt über den . „Danke, das war knapp“, sagt der .

„Willst du ein bisschen mitfahren?“,

fragt die  den kleinen  .

„Nein, danke“, antwortet Dragomir.

„Mir ist heute zu viel los hier oben.“

Er klettert aus dem  und fliegt

zu seiner . Dort ist es ruhiger.

Ein dummer König

Aufgeregt kommt  Ottokar
in Dragomirs . Er bittet
den kleinen , ihm zu helfen.
„Wo drückt denn der  ?“,
fragt Dragomir. „Du musst die 
aus dem  entführen und
mit mir kämpfen“, sagt der .

„Wie bitte?“, fragt der kleine  überrascht. Aber der  erklärt ihm schnell, weshalb Dragomir die  Penelope entführen soll.

Der  ist schuld! Er will die

beiden erst heiraten lassen,

wenn der  Penelope vor

einem  gerettet hat.

„Der  glaubt fest daran, dass es so sein muss. Er hat es in einem  gelesen“, sagt der .

„Ein dummer “, meint Dragomir. „Als ob so etwas wichtig wäre.“

Der kleine  und der  weihen die  Penelope ein, um den  zu überlisten. Dragomir fliegt fauchend ins .

Penelope klettert auf den 

und hält sich an seinen  fest.

Dragomir umkreist zweimal den 

und fliegt mit der  davon.

Der  weint bittere 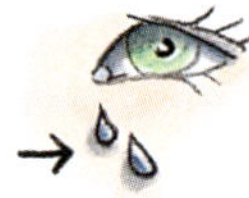 .

Er verspricht Ottokar die  ,

wenn er sie rettet. Der  sattelt

sein  und reitet in den  .

In Dragomirs  zerreißt er seinen . Der kleine  spuckt  auf den  und verbiegt Ottokars .

Dann steigen Ottokar und

Penelope aufs  und

reiten zurück. Dragomir winkt

ihnen nach.

Als sie im  ankommen,

sieht es wirklich so aus, als hätte

Ottokar mit einem  gekämpft.

Der  ist zufrieden. Endlich lässt

er den  und die  heiraten.

Dragomirs Feuer

Dragomir fühlt sich schrecklich elend. Trotz der dicken 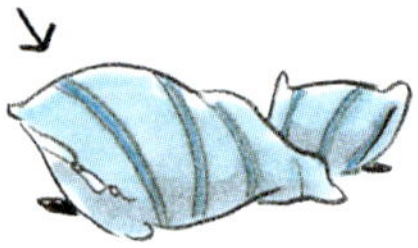 friert er. Seine 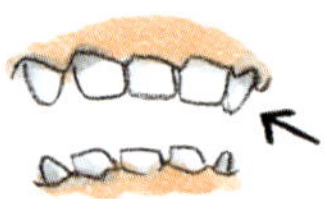 schlagen klappernd aufeinander. Der kleine  kommt kaum noch aus dem 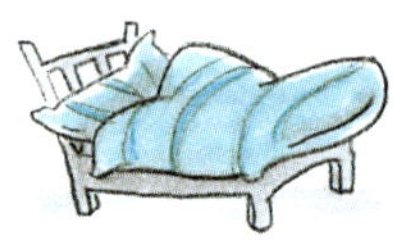. Wenn er nicht bald glühende  frisst, erlischt sein inneres .

Und zwar für immer. Dragomir

schleppt sich aus der 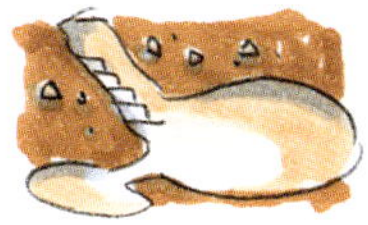 .

Er legt  ,  und 

in die  und schiebt los.

Über einen holprigen  dringt der kleine  tief in den  vor. Dragomir setzt sich auf einen großen 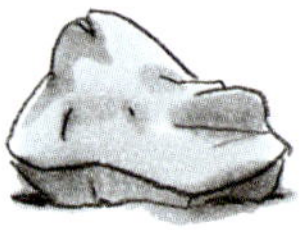 und ruht sich aus. Plötzlich hebt er seine  .

Der kleine  schnuppert.

Hier muss es  geben. Schnell

steht er auf. Mit  und 

gräbt er sich in den  hinein.

Endlich findet er, was er braucht.

Drei  werden voll. Aber noch ist Dragomirs inneres  nicht gerettet. Der kleine  muss sich beeilen. Schwarz wie ein  eilt er zu seiner  zurück.

Als Dragomir ankommt, steht

hoch über ihm bereits der  .

Sofort legt der kleine 

trockene  und dünne 

in seinen  und feuert ihn an.

Dann legt er noch  hinein.

Endlich beginnen sie zu glühen.

Der kleine  füllt mit der 

einen großen  voll.

„Mmh, lecker“, sagt Dragomir.

Er frisst  für  den  leer. Kaum sind alle  in seinem  verschwunden, geht es dem kleinen  besser.

Die Wörter zu den Bildern:

 Drache

 Häuser

 Berge

 See

 Boot

 Weg

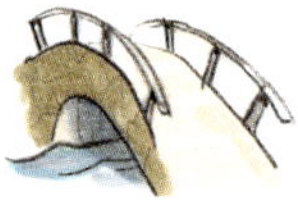 Brücke

 Fluss

 Wald

 Tür

 Höhle

 Baum

 Flügel

 Wolke

 Vögel

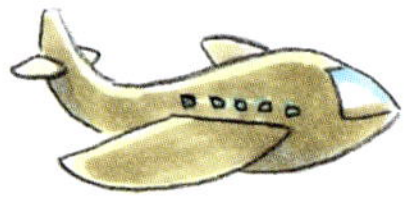 Flugzeug

Hub-
schrauber

Teppich

Ballon

Korb

Mann

Frau

Feuer

Ritter

Schuh

Prinzessin

Schloss

König

Buch

Zacken

Turm

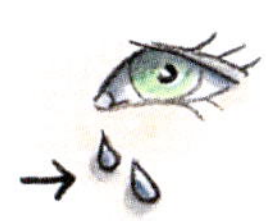

Tränen

Pferd

Umhang

Schwert

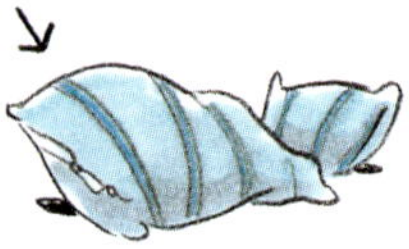

Bettdecke

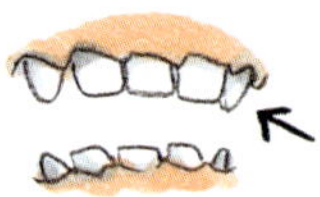

Zähne

Bett

Kohlen

Harke

Schaufel

Säcke

Schubkarre

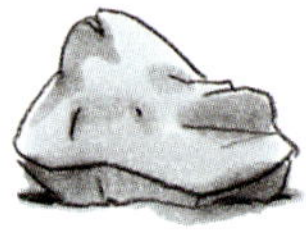

Stein

Nase

Rabe

Mond

Blätter

Äste

Ofen

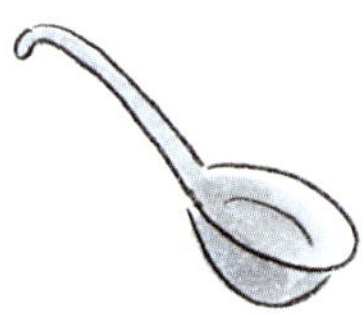

Schöpfkelle

Teller

Löffel

Maul

Werner Färber wurde 1957 in Wassertrüdingen geboren. Er studierte Anglistik und Sport in Freiburg und Hamburg und unterrichtete anschließend an einer Schule in Schottland. Seit 1985 arbeitet er als freier Übersetzer und schreibt Kinderbücher.
Mehr über den Autor unter *www.wernerfaerber.de*.

Martina Theisen wurde Heiligabend 1968 in Fulda geboren. Sie studierte Kommunikationsdesign in Mainz mit den Schwerpunkten Fotografie und Illustration. Nach einigen Jahren in der Fernsehgrafik des SWR gewann sie Ende 2000 einen Illustrationswettbewerb, der sie nach Berlin verschlug. Neben Schulbüchern hat sie seither zahlreiche Kinderbücher illustriert und lebt nun wieder im Rheinhessischen.

BilderMaus

ISBN 978-3-7855-7852-0

Rennfahrer Mick fährt sein erstes großes Rennen. Kurz vor dem Ziel schleudert sein roter Flitzer fast aus der Kurve – kann Mick das Rennen trotzdem noch gewinnen?

BilderMaus

ISBN 978-3-7855-7933-6

ISBN 978-3-7855-7704-2

ISBN 978-3-7855-7694-6

ISBN 978-3-7855-7912-1

ISBN 978-3-7855-7794-3

ISBN 978-3-7855-7772-1

In der Reihe *Bildermaus* erzählen spannende Geschichten von den Abenteuern einer liebenswerten Figur, von einem tollen Schauplatz oder von den schönsten Festen des Jahres. Im Text werden alle Hauptwörter durch kleine Bilder ersetzt, die schon Kinder ab 5 Jahren beim gemeinsamen (Vor-)Lesen erkennen und benennen können. Mit der *Bildermaus* wird das Lesenlernen zu einem echten Vergnügen!

LESELÖWEN
Das Original